A outra filha

FÓSFORO

ANNIE ERNAUX

A outra filha

Tradução
MARÍLIA GARCIA

A maldição das crianças é que elas acreditam.

FLANNERY O'CONNOR

É UMA FOTO DE COR SÉPIA, em formato oval, colada sobre o papelão amarelado de uma caderneta, que mostra um bebê sentado meio de lado sobre uma pilha de almofadas festonadas. Ele está paramentado com uma camisa larga bordada, que tem apenas um gancho para fechar, do qual pende um laço grande, um pouco atrás do ombro, como se fosse uma flor enorme ou as asas de uma borboleta gigante. Um bebê de corpo inteiro, pouco gorducho, cujas pernas afastadas se estendem até a beirada da mesa. Debaixo dos cabelos castanhos enrolados em cima da testa arredondada, ele arregala os olhos com uma intensidade voraz. Os braços abertos, como os de um boneco, parecem em movimento. Dão a impressão de que ele vai pular. Debaixo da foto, a assinatura do fotógrafo — M. Ridel, Lillebonne —, cujas iniciais entrelaçadas também enfeitam o canto superior esquerdo da capa, bastante suja, com as folhas em parte soltando.

Quando eu era pequena, achava — devem ter me dito — que aquele bebê era eu. Não sou eu, é você.

Havia, contudo, outra foto minha, tirada pelo mesmo fotógrafo, na mesma mesa, os cabelos castanhos enrolados do mesmo jeito, mas eu era um bebê rechonchudo, os olhos enterrados numa cara redonda, uma das mãos entre as coxas. Não me lembro de ter ficado intrigada com a diferença evidente que havia entre as duas fotos.

Perto do Dia de Todos os Santos, vou ao cemitério de Yvetot deixar flores nas duas sepulturas. A dos pais e a sua. Depois de um ano sem ir, esqueço a localização, mas me guio pela cruz alta e muito branca, visível da alameda central, que fica em cima da sua sepultura, bem ao lado da deles. Coloco sobre cada uma um crisântemo de cor diferente, às vezes, na sua, uma urze, cujo vaso enterro no cascalho da jardineira cavada de propósito ao pé da lápide.

Não sei se pensamos muito quando estamos diante das sepulturas. Diante da dos pais, demoro um tempo. Como se eu dissesse a eles, "estou aqui", e contasse o que aconteceu nesse último ano, o que fiz, o que escrevi, o que esperava escrever. Depois vou para a sua, à direita, olho para a placa, toda vez leio a inscrição em caracteres grandes e dourados, bem reluzentes, refeitos grosseiramente nos anos 1990 por cima dos antigos, menores, que tinham se tornado ilegíveis. O marmorista apagou, por conta própria, metade do que estava na inscrição original, escolhendo deixar debaixo do seu nome e sobrenome uma única informação, certamente porque a julgava fundamental: "Falecida na Quinta-feira Santa de 1938". Foi isso que me emocionou também na primeira vez em que vi a sua sepultura. Como se estivesse inscrita na pedra a prova da escolha divina e da sua santidade. Há vinte e cinco anos venho até essas sepulturas e nunca tenho nada a te dizer.

De acordo com seu registro civil, você é minha irmã. Tem o mesmo nome de família que eu, Duchesne, meu nome de "solteira". Na certidão de casamento dos pais, já quase em farrapos, na rubrica "Nascimento e Óbito das Crianças deste Casamento", nós figuramos uma embaixo da outra. Você em cima, com dois carimbos da prefeitura de Lillebonne (Seine-Inférieure), e eu com um único carimbo — será numa outra certidão oficial que vão preencher para mim o campo Óbito, aquela que atestará que formei uma família com outro nome.

Mas você não é minha irmã, você nunca foi minha irmã. Nós não brincamos, não comemos, não dormimos juntas. Eu nunca encostei em você, nunca te abracei. Não sei a cor dos seus olhos. Nunca te vi. Você não tem corpo nem voz, é apenas uma imagem chapada em algumas fotos em preto e branco. Não tenho lembranças suas. Quando nasci, você já tinha morrido havia dois anos e meio. Você é a criança dos céus, a menininha invisível de quem nunca falaram, a ausente de todas as conversas. Você é o segredo.

Você sempre esteve morta. Entrou em minha vida já morta, no verão dos meus dez anos. Nasceu e morreu numa história, como Bonny, a filha de Scarlett e Rhett em *...E o vento levou*.

A cena dessa história aconteceu durante as férias de 1950, último verão das brincadeiras intermináveis que iam da manhã até a noite com as primas, algumas meninas do bairro e gente da cidade passando férias em Yvetot. Fazíamos de conta que éramos comerciantes, gente grande, e construíamos nossas casas nas muitas dependências do pátio da loja dos pais, com engradados de garrafas, papelão e velhos tecidos. Cada uma cantava na sua vez, de pé sobre o balanço, *Il fait bon chez vous Maître Pierre* e *Ma guêpière et mes longs jupons*, como se fosse um concurso de rádio. Saíamos para colher amoras. Os pais não deixavam os meninos irem, sob o pretexto de que eles preferiam as brincadeiras mais brutas. No fim do dia nos separávamos, todas imundas. Eu lavava os braços e as pernas, feliz de poder recomeçar tudo no dia seguinte. Um ano depois, as meninas estariam cada uma num canto, ou emburradas, eu ficaria entediada e não faria nada além de ler.

Queria continuar descrevendo aquelas férias, me demorar mais ali. Contar a história dessa história é acabar com a imprecisão do que foi vivido, é como tentar revelar um filme guardado num armário há sessenta anos e nunca aberto.

Foi num domingo à tarde, no trecho inicial de uma rua estreita que margeia os fundos da mercearia e do café dos meus pais, a Rue de l'École, assim chamada por causa da escolinha particular que teria existido ali no começo do século, perto do canteiro de rosas e dálias, protegido por uma grade alta que acompanha o muro sobre um declive cheio de mato. Do outro lado, uma cerca viva espessa e alta. Por um bom tempo, minha mãe fica conversando um assunto sério com uma moça do Havre que passa as férias com a filhinha de quatro anos nos sogros, os S., cuja casa está uns dez metros adiante na Rue de l'École. Ela deve ter saído da loja, que durante as férias nunca fecha, para continuar a conversar com essa cliente. Estou brincando de pega-pega perto delas com a menininha, chamada Mireille. Não sei o que me acendeu um alerta, talvez a voz da minha mãe, que de repente ficou mais baixa. Comecei a escutar, como se eu não respirasse mais.

Não consigo reconstituir a história, apenas o teor e as frases que atravessaram todos os anos até hoje, que num instante se alastraram por toda a minha vida de criança como uma chama muda e sem calor, enquanto eu continuava dançando e rodopiando ao lado dela, a cabeça baixa para não despertar nenhuma suspeita.

[Aqui me parece que as palavras rasgam uma zona crepuscular, me engolem e acabou.]

Ela conta que eles tiveram outra filha além de mim e que ela morreu de difteria aos seis anos, antes da guerra, em Lillebonne. Ela descreve as placas na garganta, a asfixia. E diz: *ela morreu como uma santinha*

ela reproduz as palavras que você disse antes de morrer: *estou indo ver a Virgem Santa e o bom Jesus*

ela diz *meu marido ficou louco* quando te encontrou morta ao voltar do trabalho nas refinarias de Port-Jérôme

ela diz *não é a mesma coisa perder um companheiro*

ela diz de mim *ela não sabe de nada, não queríamos que ficasse triste*

No fim ela diz, referindo-se a você, *ela era mais boazinha do que aquela ali*

Aquela ali sou eu.

Assim como uma foto, a cena dessa história não se alterou. Consigo ver o lugar exato das duas mulheres na rua, a posição de uma em relação à outra. Minha mãe com um jaleco branco secando os olhos de vez em quando com um lenço. O perfil da moça, mais elegante que o dos frequentadores habituais,

com um vestido claro, os cabelos esticados para trás num coque baixo, o rosto um pouco ovalado. (Nessa amostragem espontânea que a memória faz dentre tantas pessoas conhecidas, colocando-as lado a lado, ao modo de cartas de um baralho, eu a confundo agora com a diretora de uma colônia de férias da qual fui monitora em Ymare, perto de Rouen, em 1959, cujo apelido era Formiga e que se vestia de branco e bege.)

Mais do que qualquer outra coisa, a realidade da cena me é confirmada por uma espécie de alucinação física, eu *sinto* que estou correndo em círculos perto das duas mulheres, eu *vejo* as pedras da Rue de l'École, que só será asfaltada nos anos 1980, o declive, a grade, a luz fraca, como se fosse preciso absorver todo o cenário do mundo para suportar o que está acontecendo.

Não consigo datar com exatidão esse domingo de verão, mas sempre o situei em agosto. Há vinte e cinco anos, lendo o diário de Cesare Pavese, *O ofício de viver*, descobri que ele se suicidou num quarto de hotel em Turim no dia 27 de agosto de 1950. Em seguida verifiquei que era um domingo. Desde então imagino que tenha sido o mesmo dia.

A cada ano que passa me afasto mais dessa data, porém isso é uma ilusão. Não existe tempo entre mim e você. Existem palavras que nunca mudaram.

Boazinha. Acho que eu já sabia que essa palavra não poderia ser usada para me descrever se eu levasse em conta os adjetivos que ouvia todos os dias dos meus pais em relação ao meu comportamento: *atrevida, trapaceira, gulosa, senhorita sabe-tudo, irritante, com o diabo no corpo.* Mas as críticas deles não me atingiam, graças à certeza que eu tinha de ser amada pelos dois, fato comprovado pela preocupação constante deles por minha pessoinha e pelos presentes que me davam. Filha única, mimada porque única, sempre a melhor da turma sem qualquer esforço, em suma, eu me sentia no direito de ser o que eu era.

Boazinha eu também não era aos olhos de Deus, como tinha me advertido categoricamente o padre B. em minha primeira confissão, aos sete anos. Eu confessara ter praticado "maus atos, sozinha e com outros", algo que indicaria, hoje, um despertar natural para a sexualidade, mas que, segundo ele, me condenava ao Inferno. Como também me confirmará um dia a diretora do pensionato, me atravessando com seus olhos cheios de brilho, "é possível tirar dez em tudo e não agradar a Deus". Eu não mostrava nenhum desejo por assuntos religiosos. Não gostava de Deus, sentia medo Dele, mas ninguém desconfiava disso — eu simplesmente ficava apática, em silêncio, quando ela me cochichava na igreja, ajoelhada diante da luz vermelha, *reze direito pro bom Jesus*, ordem que me parecia uma infantilidade indigna da mãe todo-poderosa que ela era.

Boazinha também tinha o sentido de afetuosa, carinhosa, "amigável", como se diz em normando em relação às crianças e aos cachorros. Eu não podia ser definida assim, afinal, era distante com os adultos, preferindo observá-los e ouvi-los a abraçá-los. Mas com eles dois tenho certeza de que eu era carinhosa, mais até que as outras crianças.

Sessenta anos depois ainda tropeço nessa palavra, tento destrinchar os significados dela ligados a você e a eles, ao passo que seu sentido teve um brilho tão intenso que mudou o meu lugar em um segundo. Entre mim e eles, agora há você, invisível, adorada. Fui afastada, deslocada, para te dar lugar. Fui empurrada para a sombra enquanto você flutua no alto, na luz eterna. Passo a ser comparada, eu, a incomparável, a filha única. A realidade é uma questão de palavras, um sistema de exclusões. Mais/Menos. Ou/E. Antes/Depois. Ser ou não ser. A vida ou a morte.

Entre mim e minha mãe, duas palavras. Eu a fiz pagar por elas. Escrevi contra ela. Para ela. No lugar dela, operária orgulhosa e humilhada. *Mais boazinha*: eu me pergunto se, desse modo, na verdade ela me deu o direito, ou a obrigação, de não ser boazinha. Nesse domingo não é que eu descubra o meu lado sombrio, é que ele se torna o meu próprio ser. O dia em que ouvi essa história é o dia do julgamento.

Aos vinte e dois anos, depois de uma briga à mesa com eles, escrevo no meu diário: "Por que, desde sempre, tenho vontade de fazer o mal e ao mesmo tempo sofro com isso?".

Nada daquilo que se passa na infância tem nome. Não sei o que eu sentia, mas não estava triste. Alguma coisa como "ludibriada", mas essa palavra, que se relaciona à minha leitura de Beauvoir muitos anos depois, me parece irreal, sem peso, incapaz de se aplicar ao meu ser infantil. Depois de ter buscado por bastante tempo, a palavra que me ocorre como sendo a mais justa e irrefutável é "tola". Eu era tola no sentido popular, de humilhada. Eu tinha vivido na ilusão. Não era filha única. Havia outra pessoa, que tinha surgido do nada. Todo o amor que eu julgava receber era, então, falso.

Acho que também me ressentia por você ter dito que estava indo encontrar a Virgem Santa e o bom Jesus. Palavras que punham à mostra o quanto eu era indigna, já que elas nunca poderiam ter saído da minha boca, já que eu não queria ver Deus. Depois, na vida adulta, me ressentia com ela, a ponto de ter raiva, por ter feito você acreditar nesses disparates. Agora não me irrito mais com isso, aceito a ideia de que qualquer consolo, uma prece, uma canção, são válidas no momento de despencar no vazio, e prefiro pensar que você partiu feliz.

Segundo minha prima G., foi C., outra prima, que um ou dois anos antes teria me revelado sua existência e sua morte. Imagino-a toda presunçosa por ser a primeira a me contar aquilo que sempre ignorei, exatamente como lembro dela me orientando sobre os segredos do sexo que, com seus três anos a mais que eu, ela já conhecia. Porém não tenho nenhuma lembrança dessa cena. O sol uniforme das férias se estende sobre aquele momento ali, perdido. Talvez eu tenha resistido a acreditar na sua existência, tenha preferido não saber.

[Será que eu te escrevo para te ressuscitar e te matar outra vez?]

Eu me pergunto se talvez você já não estivesse ali naquela tarde de verão que situo um ano ou dois antes do dia da história. Estou no jardim escrevendo um conto, a história de uma menininha que vai passar férias numa fazenda e morre sufocada por acidente debaixo de uma "*villotte*", que é como chamam, no Pays de Caux, os feixes de palha empilhados no campo depois da colheita. Leio a história para meu pai, que fica maravilhado com meus atributos diante dos clientes do café — de modo exagerado, é minha impressão. Leio para ela também, mas não me lembro de nenhum julgamento de sua parte.

Será que você já estava neste sonho recorrente que tenho acordada entre os cinco e os dez anos: estou deitada num berço cheio de véus cor-de-rosa com J., uma menina refugiada que saiu do Havre para Lillebonne em 1944, minha companhia preferida nas brincadeiras no parque, que eu reencontrava com entusiasmo uma vez por ano, no verão, durante um grande almoço que reunia nossos pais. No berço, vejo nós duas bem abraçadas, como duas bonecas de olhos abertos. Era a imagem da felicidade perfeita. (Ao escrever sobre minha mãe, em 1986, chamei essa cena de "sonho cor-de-rosa", mas não a descrevi no livro porque não tinha certeza do significado, muito clichê, que lhe atribuí então, de uma nostalgia do estado uterino.)

E é claro que você deve ter estado à minha volta, me rodeando com sua ausência no rumor protegido que envolve os primeiros anos de chegada ao mundo. Nas histórias contadas para outras mulheres, na loja, nos bancos dos parques onde, por falta de mercadorias e de clientes, ela me levava todas as tardes durante a guerra. Mas essas histórias não deixaram nenhum rastro na minha consciência. Permaneceram sem imagens e sem palavras.

Na minha lembrança restou apenas essa história que eu não deveria ter ouvido, que não era destinada a mim, endereçada àquela moça elegante que provavelmente a ouvia fascinada diante de uma desgraça que se teme viver. É a única história real, dita com as palavras e a voz dela, voz *autorizada* porque ela estava *lá* e porque ela era a mais forte do casal, ela que, dos dois, poderia suportar a morte do outro — foi isso que compreendi naquele dia. Uma história encerrada, definitiva, inalterável, que faz você viver e morrer como uma santa, como Teresa de Lisieux, cuja foto imensa atrás de um vidro reina numa parede do quarto dela. A história única — nunca mais haveria outra — e que inaugura, para mim, o mundo em que você existe como morta e como santa. A história que profere a verdade e que me exclui.

Quando penso no assunto, me pergunto como, mesmo estando consciente da minha presença, já que se refere a mim, ela se permitiu falar de você? A explicação psicanalítica — por uma artimanha do inconsciente, minha mãe teria encontrado assim o meio de me revelar o segredo da sua existência, sendo eu a verdadeira destinatária do relato —, tal explicação é, como sempre, sedutora. Mas ela ignora a história das mentalidades. Nos anos 1950, os adultos consideravam a nós, crianças, seres de escuta desprezível, diante dos quais se podia dizer tudo sem temer as consequências, com exceção das coisas sexuais, objeto apenas de alusões. E eu tenho certeza disso porque com frequência ouvi, depois, essas histórias fúnebres, confidenciadas de uma mulher a outra, num trem, num cabeleireiro ou na cozinha ao redor de uma xícara de café, espécies de *memento mori* em que toda a dor é derramada e compartilhada, de modo preciso e com uma enumeração de detalhes. Tendo começado a falar de você, ela era incapaz de parar, de não ir até o fim, encontrando o consolo de uma forma de ressurreição ao narrar a história do seu falecimento para essa jovem mãe, que ouvia a história pela primeira vez.

EXISTE OUTRA HISTÓRIA.

Minhas fotos de bebezinha gorducha e de menina robusta são enganosas. Aos dez anos, no momento do relato da sua morte, carrego um passado penoso de criança frágil, vítima de doenças insólitas e de acidentes, detalhados pelas pessoas na minha frente, e que me distinguem das outras crianças que pegam simplesmente sarampo e catapora — doenças que também pego e que duram mais tempo —, alguma coisa entre uma maldição e uma graça. Já comecei mal. Com poucos meses de vida, uma febre aftosa — caso raríssimo de transmissão da vaca para um humano pelo leite da mamadeira —, depois, quando comecei a andar, a descoberta por uma cliente da mercearia de que eu estava mancando, o que me levou a ficar imobilizada com gesso durante seis meses. A queda em cima do caco de vidro de uma garrafa, aos quatro anos, no patiozinho atrás da casa, que me furou o lábio — ela dizia, levantando o polegar, *dava para enfiar um dedo dentro* — e deixou uma cicatriz redonda. Além disso, uma miopia que não para de se agravar, e dentes já cariados.

Nessa enumeração, falta o essencial. Aos cinco anos, por pouco não morri, existe outra história. Nessa, eu que sou a heroína. Conheço de cor o domingo de verão em que você surgiu em minha existência de criança. Ela, minha mãe, narrou tantas vezes essa outra história, sem se esconder, na minha presença, com mais frequência que meu pai — são as mulheres que conservam o registro das infâncias —, sempre com alegria, porque invariavelmente ela desperta o estupor incrédulo e o maravilhamento no público que a escuta.

Em agosto de 1945, no parque de Lillebonne, machuquei o joelho com um prego enferrujado. Vários dias depois, diante do meu cansaço anormal, meu pescoço duro e minha dificuldade em abrir a boca, eles chamaram um médico. Ele era inexperiente. Depois de ter me examinado, ficou em silêncio e, em seguida, disse *espero estar enganado, vou chamar um colega.* Era tétano. Nem ela nem ele sabiam do que se tratava, nunca tinham ouvido falar. Os médicos injetaram em mim doses cavalares de soro antitetânico e disseram *se ela não afrouxar os dentes até esta noite não vai ter jeito*. Então ela me fez beber uma água de Lourdes, introduzindo-a entre meus dentes cerrados. Minha boca tornou a abrir. No ano seguinte, no Dia de Ação de Graças, ela foi a Lourdes, viajou uma noite inteira num trem com bancos de madeira, tendo para comer apenas uma lata de sardinha por conta do racionamento, e percorreu de joelhos o caminho da cruz pela montanha. Ela me trouxe uma boneca que andava sozinha e a que chamamos de Bernadette.

Talvez por ter sido uma história repetida muitas vezes, logo gravei as imagens desse momento, que não me lembro de ter vivido com tanto terror, de todo modo bem menos que os bombardeios. Vejo outra vez o parque ensolarado, corro na direção dos meus pais porque me machuquei brincando de subir num banco com as ripas arrancadas, eles estão deitados na grama, mostro um buraquinho avermelhado debaixo do joelho esquerdo, eles dizem *não é nada, vá brincar*

estou numa poltrona na cozinha, sem brincar, minha prima C. está passando as férias em nossa casa, depois de comer ela sobe na mesa e canta *Gentil coquelicot mesdames gentil coquelicot nouveau*, fico com inveja dela

vejo imagens confusas de um tumulto, idas e vindas ao redor da minha poltrona

estou na minha caminha ao lado da cama deles, ela está debruçada sobre mim mais tarde, talvez outro dia, uma onda de sangue enche minha boca, o quarto está cheio de gente, ela grita que devem me pôr deitada e colocar uma chave nas costas para conter a hemorragia

Vejo de novo Bernadette, a boneca dura que não podia sentar, de vestido azul

A ordem das duas histórias, a minha e a sua, é contrária à do tempo, da marcha do tempo. Nessa ordem, por pouco não morri antes que você morresse. Disso tenho certeza: esse domingo do verão de 1950, quando ouço a história da sua morte, não estou imaginando, eu me lembro. Eu *vejo*, com uma precisão talvez maior do que agora, o quarto de Lillebonne, a cama deles paralela à janela, a minha caminha de jacarandá-rosa bem ao lado. EU VEJO VOCÊ DEITADA NO MEU LUGAR E SOU EU QUE MORRO.

Leio numa enciclopédia Larousse de 1949: "O tétano, uma vez manifestado, é na maioria dos casos mortal. Porém, há casos de cura por meio da administração de soro antitetânico em doses elevadas e repetidas". A existência da vacina não é mencionada. Na internet, fico sabendo que, no entanto, ela era obrigatória desde 1940 para todas as crianças, mas que "sua circulação só começou a ser efetiva depois de 1945".

Acho que sempre estive convencida de que o soro era superior à água de Lourdes, omitindo esta última nas raras vezes em que contei o episódio da minha infância, por exemplo, em 1964, a um estudante de medicina, no quarto da Rue Bouquet, em Rouen, quando ele me falou de seus plantões no hospital e dos pacientes com tétano que morriam em um sofrimento inacreditável. Lembrei, na ocasião, das palavras assustadoras da minha mãe *em outros tempos os doentes eram sufocados entre dois colchões*.

Entre as perguntas que nunca me fiz: por que você não teve direito à água de Lourdes? Ou será que teve, mas não funcionou?

Soro ou água benta, pouco importa. Lourdes, La Salette, Lisieux, Fátima, vivíamos na possibilidade do milagre, com frequência presente na fala dos padres e das religiosas do pensionato, nos folhetos vendidos na igreja, naquela época *Le Pèlerin*, *La Croix*, até a "pequena Maria", uma das filhas de "Brigitte" — ideal de mulher que aparecia numa coleção de mesmo nome, e grande best-seller — tinha sido curada de sua deficiência com água da gruta.

A realidade não interfere nas crenças da infância. Era com essa crença no milagre que eu existia em 1950. E que talvez continue existindo. E só importa aquilo que a primeira história, de minha morte anunciada e de minha ressurreição, fez à segunda, ou seja, à da sua morte e do meu caráter indigno. Como as duas histórias se ligaram. Quais verdades potentes elas construíram. Afinal, foi preciso que eu me virasse com essa misteriosa incoerência: você, a menina boa, a santinha, não foi salva, e eu, a diabólica, estava viva. Mais que viva, tocada por um milagre.

Assim, você precisou morrer aos seis anos para que eu viesse ao mundo e fosse salva.

Orgulho e culpa por ter sido, com um propósito indecifrável, a escolhida para viver. Talvez mais orgulho por ter sobrevivido do que culpa. Mas escolhida para fazer o quê? Aos vinte anos, depois de ter descido ao inferno da bulimia e da menstruação interrompida, veio uma resposta: para escrever. No meu quarto na casa dos meus pais, preguei na parede a seguinte frase de Paul Claudel, cuidadosamente copiada numa grande folha com as bordas queimadas por um isqueiro, como num pacto satânico: "Sim, acho que não vim ao mundo à toa e havia em mim alguma coisa sem a qual o mundo não podia viver".

Não escrevo porque você morreu. Você morreu para que eu escreva, eis aqui uma grande diferença.

Tenho apenas seis fotos suas, todas me foram dadas por primas, algumas depois do enterro da minha mãe, as outras, mais recentemente. Só conhecia duas, guardadas pela minha mãe numa gaveta do armário dela e que desapareceram por volta de 1980, talvez tenham sido jogadas fora por ela numa de suas pulsões destrutivas, primeiros sinais do Alzheimer.

Nessas fotos, exceto a de bebê, você deve ter entre quatro e seis anos. Talvez tenham sido tiradas com a câmera que eles diziam ter ganhado no parque de diversões itinerante antes da guerra e que guardariam até o final dos anos 1950, eu a usei bastante. Quase sempre, você abaixa a cabeça fazendo caretas ou protege os olhos com um braço, como se a luz fosse um incômodo e você não a suportasse. Numa carta recente, minha prima G., que também observou a mesma coisa, conclui: "Ela não parece gostar muito de si mesma".

Essa observação me inquieta violentamente. Será que você era feliz? Nunca me perguntei a respeito de sua felicidade, como se essa fosse uma pergunta absurda, ultrajante, por se tratar de uma menininha morta. Como se o sofrimento deles pela sua perda, o lamento pela sua bondade, as provas do amor deles constituíssem a garantia da sua felicidade. Se considerarmos que é ser amado que traz felicidade, você com certeza era feliz. As santas são felizes. Mas talvez você não fosse.

Pavor e culpa de surpreender em mim esse pensamento bárbaro segundo o qual, é óbvio, você não era feita para a vida, sua morte estava programada no computador do universo e você só foi enviada para a Terra, como escreveu Bossuet, "para fazer número". Vergonha de sentir ressurgir em mim a crença, era preciso que você morresse, que fosse sacrificada para que eu viesse ao mundo.

Não houve predestinação. Apenas uma epidemia de difteria, e você não estava vacinada. Segundo a Wikipédia, a vacinação se tornou obrigatória em 25 de novembro de 1938. Você morreu sete meses antes.

Duas filhas, uma morta e a outra que por pouco não morreu. Durante o tempo em que viveu, ela, que era a própria vida em toda a sua exuberância, me pareceu carregar a morte. Atraída pela morte, e atraindo-a. Até os meus catorze ou quinze anos, eu acreditava de modo confuso que ela me deixaria morrer como você. Ou então que ela se permitiria morrer de propósito, numa espécie de punição geral que incluía meu pai, como sinalizava o *vocês vão ver quando eu não estiver mais aqui* que ela dizia nos dias de raiva intensa (mas isso não seria sobretudo uma ameaça de abandono, de ir viver em outro lugar?). No bairro, vinham buscá-la para cuidar dos agonizantes e da limpeza dos mortos. Ela se apressava e voltava num estado bizarro, no qual eu acreditava notar certa satisfação. Ela disse, sobre uma mocinha que tinha morrido de tuberculose, *com aquele lençol ao redor da cabeça parecia a santa Teresa de Lisieux*. Quando precisei ser operada do quadril aos quarenta e cinco anos, achei que não acordaria da anestesia, que morreria antes dela: assim, você, meu pai e agora eu mesma seríamos *todos enterrados por ela*.

Num desenho de Jean-Marc Reiser, vê-se, de costas, um homem de mãos dadas com uma criança andando por uma ponte estreita, sem parapeito, sobre um abismo. Atrás deles, à direita, a ponte está cortada, aberta para o vazio. À frente deles, à esquerda, no lado onde caminha a criança, um corte idêntico. Observando as marcas dos passos — as do adulto no meio das marcas das de *duas* crianças —, é possível compreender que o pai já soltou uma primeira criança no abismo da direita e se prepara para fazer a mesma coisa com a segunda um pouco adiante, enquanto ele prosseguirá sua travessia tranquilamente até o fim. Reiser intitulou esse desenho de *A ponte das crianças perdidas*.

No entanto, os fatos desmentem o mito: ela me agasalhava em excesso no inverno, ao menor resfriado mandava meu pai buscar o médico, me levava a consultas com especialistas em Rouen, me pagava cuidados dentários caríssimos para a renda deles, comprava fígado de vitela e carne vermelha só para mim, mas seu comentário "você nos custa os olhos da cara" soava como uma censura por minha fragilidade. Eu me sentia culpada por tossir, por "ter sempre alguma coisa". Minha sobrevivência lhe custava caro.

É claro que eu a adorava. Diziam que ela era uma mulher linda e que eu tinha puxado a ela. Sentia orgulho de ser parecida com ela. Às vezes eu a odiava e cerrava o punho diante do espelho do armário desejando que ela morresse. Escrever para você é te falar dela o tempo todo, ela, a detentora da história, a que profere o julgamento, com quem o combate nunca cessou, exceto no fim, quando ela estava tão miserável, tão perdida em seu desatino, que, então, eu não queria que ela morresse.

Entre mim e ela, tudo é questão de palavras.

Desde o começo não consigo escrever *nossa mãe*, *nossos pais*, nem te incluir no trio do mundo da minha infância. Não existe um pronome possessivo comum [Essa impossibilidade seria uma forma de te excluir, de te devolver a exclusão que senti na história daquele domingo de verão?]

De determinado ponto de vista, bem considerável, o do tempo, não tivemos os mesmos pais.

Quando você nasceu em 1932, eles eram jovens, casados havia pouco mais de quatro anos, operários ambiciosos que se endividaram ao pegar um empréstimo para abrir uma loja no ano anterior, na Vallée, bairro das fábricas de fiação de Lillebonne. Ele continuava trabalhando fora, num canteiro de obras no Hode, depois nas refinarias de Port-Jérôme. Em torno deles, e neles próprios, fervilhava a esperança trazida pela Frente Popular.* A história desses anos em que eles comeram o pão que o diabo amassou e a lembrança das noites no café até as três horas da manhã acabavam sempre com "mas naquela época éramos jovens".

Numa foto de antes da guerra, sem data, ele a segura pelos ombros, sorrindo. Ela está com um vestido de bolas grandes com um colarinho de renda clara. Uma mecha grande lhe cai sobre os olhos. Ela ainda parece a noiva doce e rebelde de 1928. Nunca a vi com esse vestido nem com esse penteado. Não conheci a mulher que vivia na sua época.

* Coalizão de partidos de esquerda que governou a França de maio de 1936 a abril de 1938. (N.E.)

No começo da minha época, nas fotos em que eu também apareço, talvez tiradas na primavera de 1945, embora eles estejam sorrindo, já não há neles indícios de juventude ou despreocupação, mas alguma coisa de amortecido. Os traços deles estão marcados, pesados. Ela usa um vestido listrado que a vi usar por bastante tempo. Seu cabelo está preso para trás. Eles viveram o Êxodo, a Ocupação, os bombardeios. Eles viveram a sua morte. Eles são pais que perderam uma filha.

Você está lá, entre eles, invisível. É a dor deles.

Eles devem ter te falado, "quando você crescer", enumerando as coisas que você poderia fazer, aprender a ler, andar de bicicleta, ir sozinha para a escola, eles disseram "no ano que vem", "neste verão", "logo". Uma noite, no lugar do futuro houve apenas o vazio. Eles disseram outra vez as mesmas palavras para mim. Eu tive seis anos, sete anos, dez anos, eu te ultrapassei. Para eles, não havia mais comparação possível. Estranhamente achei que ela me culpava por ter deixado de ser criança, por ter "virado uma mocinha", palavras que ela pronunciou no dia em que fiquei menstruada pela primeira vez, com um desconforto excessivo, quase um transtorno, me entregando uma toalhinha mensal.

O relato que flagrei foi o primeiro e último. Eles nunca me falaram de você, nenhum dos dois.

Não sei quando suas fotos foram escondidas no armário e a certidão de registro, no sótão, num cofre enferrujado, onde eu a li — eu tinha pelo menos dezoito anos — num dia em que ele permanecera aberto. Toda semana, revezando-se, eles iam de bicicleta até o cemitério levando flores do jardim. Às vezes um perguntava ao outro, discretamente, você foi ao cemitério? Bem antes de saberem que voltariam para Yvetot sete anos depois, em 1945, era lá — onde estavam quase todos os membros das duas famílias — que eles desejaram que você fosse enterrada, não em Lillebonne, talvez para que todos se reunissem com frequência na sua sepultura.

Nunca ouvi nenhum dos dois dizer seu nome. Soube qual era por minha prima C. Na adolescência, achei que parecia um nome velho, quase ridículo. Nenhuma menina da escola tinha esse nome. Ainda agora, sinto um mal-estar, uma leve aversão ao ouvi-lo. Digo-o raras vezes. Como se ele fosse proibido para mim. Ginette.

Eles nunca me contaram nada sobre as coisas que pertenceram a você e que eles guardaram.

Eles me fizeram dormir na sua cama de jacarandá-rosa até mais ou menos os sete anos. Depois compraram uma cama com nicho e a caminha foi desmontada, os quatro painéis, a estrutura de madeira e o estrado metálico, guardados no sótão, remontados em ocasiões específicas para receber uma criança de passagem. Quando minha mãe veio morar conosco em Annecy, ela trouxe a caminha junto com seus outros móveis. Eu a guardei no porão e, de lá, os funcionários que fizeram a mudança a enviaram por engano para Charente, para a casa dos meus sogros, que, sem me avisar, logo se livraram dela, como me contaram com um riso descarado no verão de 1971.

Eles me fizeram usar, até o sexto ano, uma pasta de couro escuro que era sua, de quando você entrou na escola. Um modelo que só eu tinha e que era, na prática, bem incômodo: era preciso, ao abrir, girar com um puxão rápido os dois bolsos, senão o estojo e os cadernos caíam espalhando tudo. Como eu sempre tinha visto a pasta em casa, achava que ela fora comprada para mim com bastante antecedência, como preparativo para o meu primeiro dia de aula. Eu devia ter mais de vinte anos quando soube que aquela pasta — que ela continuou guardando para organizar os papéis — era sua.

Um dia encontro a seguinte passagem no meu diário em agosto de 1992: "Quando criança — é essa a origem da escrita? —, sempre achei que eu era o duplo de uma outra vivendo num outro lugar. E que eu também não vivia de verdade, que esta vida era 'a escrita', a ficção de uma outra. Aprofundar esse ponto, essa ausência de ser ou esse ser fictício".

Talvez seja esse o objeto desta carta falsa — só são verdadeiras as cartas endereçadas a pessoas vivas.

Só hoje me faço a pergunta que, embora tão simples, nunca me ocorreu: por que nunca os questionei sobre você, em nenhum momento, nem mesmo adulta e quando eu própria já era mãe. Por que não contei a eles que eu sabia. As perguntas tardias, íntimas ou coletivas, revelam apenas a impossibilidade de fazê-las em determinado momento. Nos anos 1950, de acordo com uma regra implícita, era proibido questionar os pais, os adultos de um modo geral, sobre coisas que eles não queriam que soubéssemos, mas que sabíamos. No domingo de verão dos meus dez anos recebi a história e a lei do silêncio. Se eles não queriam que eu soubesse de sua existência, então não deveria perguntar nada. Deveria me conformar com o desejo deles de que eu te ignorasse. Tenho a impressão de que transgredir a lei — coisa que nem sequer imaginei fazer — teria sido igual a dizer algo obsceno na frente deles, ou até pior, desencadeando uma espécie de catástrofe e um castigo inusitado que associo aqui à frase do pai de Kafka para o filho, tal como este conta na *Carta ao pai* e que copiei logo que a li pela primeira vez, aos vinte e dois anos, na minha cama no alojamento universitário, *eu vou te retalhar como um peixe*.

Lembrança de ter ficado aterrorizada, aos dezesseis anos, na casa da minha tia Marie-Louise, quando ela, esquecendo a obrigação de não abrir a boca, em meio à sua embriaguez habitual de domingo, me disse *essa é sua irmã*, te apontando numa foto que nem sequer olhei, apressada em passar para a seguinte e em pânico de que ela e ele, que estavam perto, tivessem ouvido essas palavras e descobrissem, os dois ao mesmo tempo, que eu conhecia o segredo que guardavam.

Por incrível que pareça, mantivemos a ficção.

Em junho de 1967, o caixão do meu pai desceu no fosso que fora aberto bem ao lado da sua sepultura. Ela e eu fingimos ignorar o fato. No verão seguinte, nas férias que passei na casa dela, fui até a sepultura do meu pai levar umas flores colhidas no jardim. Não coloquei nenhuma na sua, pois ela não tinha me falado nada. Nem mesmo o lugar onde você jaz foi nomeado.

A certa altura, eles devem ter percebido que eu sabia da sua existência — mas quando e diante de quais evidências, nunca vou saber. A cada dia se tornava mais tarde para romper o silêncio, o segredo era antigo demais. Foi ficando muito complicado para os dois trazê-lo à tona. Acho que eu convivia bem com ele. As crianças convivem melhor do que se supõe com os segredos, com aquilo que elas acham que não deve ser dito.

Tenho a impressão de que o silêncio nos convinha, a eles e a mim. O silêncio me protegia. Ele me poupava do peso da reverência devotada a certas crianças falecidas na família com uma crueldade inconsciente para com os vivos, que me revoltava quando eu a testemunhava. A mãe da minha prima C. não parava de elogiar sua irmã, Monique, morta aos três anos, que teria sido, segundo ela, *uma beldade*. Eles tinham proibido a si próprios de te colocar como modelo e me jogar na cara *ela era mais boazinha que você*.

Eu não queria que me falassem de você. Talvez eu desejasse que, graças a esse silêncio, eles acabassem te esquecendo. Verifico essa hipótese ao lembrar que me perturbava de modo intenso e inexplicável toda vez que, na vida adulta, precisei admitir essa evidência: você era indestrutível dentro deles.

Em 1983, numa consulta, quando o médico fazia um exame para avaliar sua perda de memória, ela deu, em meio a respostas disparatadas, esta aqui, a única correta: *tive duas filhas*. Ela não lembra o ano do próprio nascimento, em vez disso diz o da sua morte, 1938.

Em 1965, meu marido e eu saímos de Bordeaux para visitá-los com nosso primeiro filho, de seis meses, que eles ainda não conheciam. Ao descer do carro, lá está ele, emocionado e feliz de ver, pela primeira vez, seu netinho, então diz *a menininha chegou!* Gostaria de não ter ouvido esse lapso — cujo alcance e dimensão consigo avaliar hoje, incluindo o que nele há de belo. Ele me intimidava e me entristecia. Talvez também tenha me apavorado. Não queria que você ressuscitasse no meu filho, ressuscitasse através do meu corpo.

[Será que, por meio desta carta, eu não estaria em busca de uma forma de ressurreição sua — que não fosse contaminada pelo corpo e pelo sangue?]

Eles também protegiam a si mesmos com esse silêncio. Eles te protegiam. Eles te colocavam fora do alcance da minha curiosidade, que seria uma tormenta para os dois. Eles te conservavam só para eles, dentro de si, como num santuário cujo acesso era interditado para mim. Você era o sagrado deles. Aquilo que unia os dois com mais certeza que tudo, para além das brigas e escarcéus constantes. Em junho de 1952, ele a arrastou para a adega, ele quis matá-la. Entrei no meio da briga. Não sei se foi por sua ou por minha causa que ele não o fez. Lembro de ter pensado logo depois *ele está louco como quando ela morreu* e de ter perguntado para ela aos prantos, "já aconteceu isso com ele antes?", esperando que ela dissesse que sim. Ela não respondeu.

Eu não os censuro por nada. Os pais de uma criança morta não sabem o que a dor deles causa à criança que está viva.

Eles levaram para o túmulo, um depois do outro, uma memória viva de você e de tudo o que se perdeu em abril de 1938. Seus primeiros passos, suas brincadeiras, seus medos e seus horrores infantis, seu primeiro dia de aula, toda essa sua pré-história que se tornou atroz depois da morte e que comigo, ao contrário, eles repetiram até dizer chega. À minha infância narrada, tão cheia de histórias, corresponde, na sua, apenas um vazio.

Nunca atribuí a você o menor defeito, a menor tolice infantil, nenhum desses atos que me renderam "punições" quando eu tinha a sua idade, como no dia em que cortei traiçoeiramente uma mecha do cabelo da minha prima C. enquanto ela lia. Você é a própria impossibilidade do erro e do castigo. Você não tem nenhuma das características de uma criança de verdade. À maneira das santas, você não teve infância. Nunca te imaginei como uma pessoa real.

Mas por que não interroguei, quando ainda havia tempo, os tios e as tias que te conheceram? Ou Denise, prima quatro ou cinco anos mais velha que você, que aparece ao seu lado em algumas fotos, que não conheci por causa de um desentendimento entre minha mãe e a dela, e que morreu no ano passado sem que eu jamais tenha tentado conhecê-la. Na época, eu não queria saber de nada. Apenas guardar você da forma como a recebi aos dez anos. Morta e pura. Um mito.

Eu me lembro de uma foto sua, que vi durante muito tempo na lareira sem uso do quarto dos pais, ao lado de duas estátuas da Virgem Maria: uma trazida da viagem a Lourdes depois da minha cura, coberta por uma tinta amarela que fazia com que ela brilhasse à noite; a outra mais antiga, de alabastro, com uma estranha espiga de trigo nos braços. Uma foto de estúdio retocada, sob um vidro, inserida numa base de metal. Apenas sua cabeça surgia de um fundo enevoado, azulado, com as mechas lisas de cabelos pretos ao estilo Louise Brooks, sua boca escura, como se estivesse maquiada, sua pele branca e as bochechas que parecem ligeiramente coradas.

É essa foto perdida que eu gostaria que figurasse no meio destas páginas. Sua foto de santa, a do meu imaginário. Nenhuma das outras ficou comigo. Só de pensar na hipótese de expor alguma delas, me dá um frio na barriga, como se fosse um sacrilégio.

Antes de começar esta carta, sentia uma espécie de tranquilidade no que te dizia respeito, que desde então se aniquilou. Enquanto escrevo, é como se avançasse cada vez mais numa terra turfosa onde não há ninguém, como nos sonhos, e devesse atravessar, entre cada palavra, um espaço cheio de matéria indecisa. Tenho a impressão de não ter língua para falar de você, para te nomear, impressão de só saber falar de você no modo da negação, do contínuo não ser. Você está fora da linguagem dos sentimentos e das emoções. Você é a antilinguagem.

Não consigo fazer uma história sobre você. Não tenho outra lembrança sua além daquela cena imaginada no verão dos meus dez anos, uma cena na qual se confundem a que morreu e a que foi salva. Não tenho nada que possa te fazer existir, exceto a imagem congelada das fotos, sem movimento e sem voz, já que as técnicas para eternizá-los não eram difundidas. Da mesma forma que existiram os mortos sem fotografias, você faz parte dos mortos sem registro em áudio e vídeo.

Você só tem existência através de seus vestígios por cima dos meus. Escrever para você é apenas trilhar o percurso da sua ausência. Descrever a herança da ausência. Você é uma forma vazia impossível de ser preenchida com a escrita.

Eu não conseguia ou não queria — as duas coisas se juntam quando se trata do eu do passado — entrar na dor deles. Era uma dor anterior a mim, e alheia. Ela me excluía.

Eu não gostava de perceber essa dor na maneira como ela cantava, nas procissões, de modo vibrante, desesperado, o cântico à Virgem *vou encontrá-la um dia* cujo refrão *no céu no céu no céu* subia até se perderem as vozes — ou nos acessos súbitos de mutismo que ela tinha, quando parecia inevitavelmente estar pensando em outra coisa, e na sua crença eterna, a um atraso mínimo meu ao voltar da aula, de uma sessão de cinema, de um passeio de bicicleta, de que *tivesse acontecido alguma coisa*, ao que eu respondia com orgulho e má-fé, *mas o que você quer que aconteça*.

Porém, durante muito tempo entendi a dor deles sem identificá-la, eu a conheci sem reconhecer

no gemido rouco da gata da qual se arrancavam os filhotes para enterrá-los vivos de acordo com um hábito campesino. Um dia, decidi desenterrá-los, arrastando para a tarefa uma prima que até hoje se lembra do fato, e recebi dele, que os tinha enterrado, o primeiro e último tapa que me deu na vida

no Evangelho segundo Mateus, na fala do profeta Jeremias, *Raquel chora seus filhos, ela não quer ser consolada por seus filhos, porque eles já não existem*

na *razão perdida* de Du Périer, a quem François de Malherbe oferece "Consolação", um poema imbecil e pedante pela morte de sua filha, que era preciso decorar no oitavo ano

no único verso de Chénier que eu memorizei *Ela viveu, Myrto, a jovem Tarentine*

Eu não vivia na dor deles, vivia na sua ausência.

Foi só quando recebi, há treze anos, uma carta de um vizinho de Lillebonne, um rapaz na época da sua morte, Francis G., que pela primeira vez me aproximei da dor deles. Ele me escreveu: "Todas as pessoas da Vallée, e muitas outras, se lembram bem dos seus pais, da sua irmã Ginette, falecida de difteria aos seis anos. Minhas primas [Yvette e Jacqueline H.] me contaram que durante mais de oito dias os clientes não ousaram pôr os pés na mercearia. Era triste demais ver a dor dos seus pais. Talvez também por medo da doença". Como se eu precisasse das palavras de testemunhas vivas do acontecimento para poder sentir a realidade do sofrimento deles.

Se tento esmiuçar a nomenclatura dos sentimentos, não encontro nenhum que eu tenha tido por você na minha infância e nem depois. Nem ódio, pois não há objeto se você está morta, nem ternura, nem nada daquilo que um ser humano possa suscitar, perto ou longe, em outro. Uma brancura de sentimentos. Uma neutralidade, quando muito sombria, se eu desconfiasse de sua presença inominável no pensamento deles acerca do assunto de sua "sepultura".

Ou então, talvez, um medo obscuro. De que você se vingue.

Eu não me lembro de ter pensado em você. Tendo a novidade constante do conhecimento oferecido ao meu apetite e arrogância, latim! álgebra! as construções imaginárias em torno do amor e do sexo, eu ficava completamente ocupada. Qual peso poderia ter a imagem abstrata de uma menininha morta antes da guerra na vida presente de uma adolescente, que nem sequer tinha vontade de se lembrar da criança que ela fora e que sonhava com o futuro? Sua morte não devia contar muito em relação a tudo o que acontece, de bom — ficar menstruada, se apaixonar, ler *Uma vida*, *As flores do mal* — e de ruim — o domingo de 1952 —, ou ao que não acontece no tédio torpe das férias de verão em Yvetot mas vai acontecer, uma promessa no frio vívido das manhãs na escola, nas canções de amor e no ar absorto das estudantes descendo do trem aos sábados em Rouen.

Você ficou para sempre com seis anos e eu avancei no mundo cada vez mais, com meu "duro desejo de durar" — definição que encontrei aos vinte anos num poema de Paul Éluard. A única coisa que aconteceu com você foi a morte.

Eu queria viver. Tinha medo das doenças, do câncer. Num verão, aos treze anos, não comentei nada sobre estar mancando de leve e, para compensar sem que ninguém percebesse, pus um papel dentro do sapato no lugar do calcanhar, por medo de me colocarem um gesso e me mandarem para Berck-Plage. Talvez eu tenha tirado minha força de você, de sua morte, e de uma sobrevivência que eu julgava milagrosa. E você tenha me dado um excedente de energia, uma febre de viver — a mesma que experimentavam nos anos 1960 os estudantes do sanatório de Saint-Hilaire-du-Touvet, assombrados que estavam, apesar da descoberta do antibiótico, pelos mortos recentes de tuberculose, e eu escolheria — será que por acaso — me casar justamente com um deles, que tinha chamado seu diário pessoal de "A agonia".

Eu tinha consciência das vantagens de ser filha única, ser a filha que veio depois da morte de uma outra, objeto de uma atenção preocupada, mimada. Ele queria antes de mais nada que eu estivesse feliz, e ela queria que eu fosse *uma pessoa de bem*. Somando os desejos dos dois eu tinha, dentro da família e do nosso bairro operário, uma vida privilegiada e de dar inveja, eu era aquela que nunca mandam para fazer compras, que responde aos clientes "eu não atendo", sob o pretexto de que ela continuou os estudos. Enquanto você era a tristeza deles, eu sabia que era a esperança, os problemas e acontecimentos da vida deles, da primeira comunhão ao término da escola, seu triunfo. Eu era o futuro deles.

Às vezes eu calculava a idade que você teria — de modo aproximado, pois durante muito tempo ignorei o ano exato de seu nascimento —, uns oito ou dez anos a mais que eu. A distância era infinita. Precisava imaginar você como uma moça grande, como as que vinham à loja e me tratavam feito uma criancinha qualquer. Não lamentava não ter uma irmã como elas, que me dominaria com a superioridade de idade, dos seios, de saber e de direitos. Com você eu nunca compartilharia nada. A ideia de uma irmã mais nova, até mesmo bebê, me agradava mais, como uma boneca viva.

Mas você e eu fomos destinadas a permanecer únicas. A vontade de ter apenas um filho vivia nas palavras deles, *não daria para fazer por duas o que fizemos por uma*, e supunha a sua vida ou a minha, e não as duas.

Precisei de quase trinta anos e da escrita de *O lugar* para unir esses dois fatos, que permaneciam, dentro de mim, apartados um do outro — sua morte e a necessidade econômica de ter só um filho —, e para que a realidade sobressaísse: eu vim ao mundo porque você morreu e eu te substituí.

Não posso evitar esta pergunta: se não tivesse tentado escrever esse livro, *O lugar*, da forma mais próxima da realidade, será que você teria saído dessa noite interior na qual eu te mantive durante tantos anos? Será que foi da escrita que você renasceu, dessa descida, a cada livro, na direção daquilo que eu não conhecia antes, como neste aqui, em que tenho a impressão de abrir cortinas que se multiplicam incessantemente num corredor sem fim?

Ou então, será que o ambiente muito psicanalisado não teria, de todo modo, me levado até você, mesmo sem eu saber? E me obrigado a levantar o pano de fundo da escrita para tirar o fantasma que parece ter se escondido ali desde sempre, do qual a escritora seria apenas a marionete? Desse modo, eu não deveria considerar você, nesta carta, como uma criação da psicanálise, da obstinação dela em que, num retorno ao primitivismo, nunca consigamos escapar dos mortos?

O "você" é uma armadilha. Há algo de sufocante nele, e ele instaura entre nós uma intimidade imaginária com marcas de censura, aproxima para afastar. De modo sutil, tende a fazer de você o motivo do meu ser e a rebaixar a totalidade da minha existência à sua morte.

Pois é grande a tentação de remeter a você alguns dos meus padrões, fundados sobre um balanço rigoroso entre felicidade e sofrimento. Por exemplo, minha crença de que qualquer momento de prazer deva ser seguido por um de tristeza, todo êxito, por um novo castigo. Ou, com uma inversão do próprio princípio de equivalência, esse cálculo que pratico sob todas as formas, com exceção da sexual, desde a adolescência: sofrer a fim de obter uma alegria ou um êxito. Um princípio que me levou, no passado, a fazer as provas de conclusão do ensino médio usando uma saia velha plissada fora de moda para poder ser aceita, a aguentar estoicamente as torturas dentárias na esperança de que elas fizessem voltar um amor que tinha ido embora. Ao passo que, nesse sacrifício que "rende frutos", trata-se certamente de um desvio com os fins egoístas da obrigação cristã de oferecer seu sofrimento para a saúde dos pecadores.

Será que você é, para mim, uma ficção da religião cristã? A *presença real* da hóstia — que eu despedacei com a ponta da língua porque ela estava colada no palato, no dia da minha primeira comunhão, e achei então que estava vivendo em pecado mortal, que a cada mês agravava ainda mais minha angústia graças ao pavor de admitir esse erro ao me confessar e cair assim, a cada má comunhão, na certeza de ser condenada.

Estou apenas correndo atrás de uma sombra aqui.

Eu deveria te procurar não dentro de mim, mas fora, naquelas meninas que eu gostaria de ter sido, naquelas alunas das turmas mais velhas, Madeleine Tourmente, Françoise Renout, Janine Belleville. Ao anotar aqui seus nomes, eu me torno a criança de avental azul do quinto ou do sexto ano que espreitava no pátio do recreio essas deusas misteriosas de quem eu não esperava nenhum olhar e menos ainda uma palavra. Apenas observá-las.

Ou, de modo mais certeiro, nas cenas dos romances e filmes, nos quadros que me comoveram sem que eu soubesse por quê — nunca esquecidos. Talvez eu deva te buscar neles, nesse repertório pessoal do imaginário, ilegível para todos os outros, para poder te descobrir por meio de um trabalho que ninguém pode se vangloriar de construir senão nós mesmos. Sei que é você em *Jane Eyre*, na figura da sábia e devota Helen Burns, amiga mais velha de Jane, na sinistra pensão Brocklehurst. Helen está consumida pela tuberculose e Jane, milagrosamente incólume ao tifo que dizima as alunas, vai encontrá-la certa noite na enfermaria. Ela chama a amiga para ir até sua cama.

> — Então veio me dizer adeus. Provavelmente chegou bem na hora.
>
> — Você está indo para algum lugar, Helen? Vai voltar para casa?
>
> — Vou para minha morada eterna. Para a minha última morada.
>
> — Não, não, Helen!
>
> [...]
>
> — Mas para onde você vai, Helen? Você já sabe? Consegue enxergar?
>
> — Eu acredito. Tenho fé. Estou indo para Deus.
>
> — E onde está Deus? O que é Deus?*

Pela manhã encontram Jane, adormecida e abraçada a Helen, morta.

* Charlotte Brontë, *Jane Eyre*. Trad. de Heloisa Seixas. Rio de Janeiro: José Olympio, 2020. (N.E.)

TENHO DIANTE DE MIM UMA FOTO que minha prima C. me mandou há uns vinte anos. Vocês estão em três numa calçada, bem na esquina. Meu pai, alto, sorrindo, com um paletó escuro transpassado, vestido com sua melhor roupa, de chapéu na mão (eu só o vi usando boina na vida). Ao lado dele, sua sobrinha Denise, que acabara de fazer a primeira comunhão, com um longo vestido branco, sendo visíveis apenas o rosto, enquadrado por uma touca na qual se prende o véu, e os tornozelos. Na frente dela, na altura do peito, uma menininha de cabelos castanhos. É você. Você também está toda de branco, o vestido de mangas curtas, sandália e meias. Seu cabelo cortado reto abaixo das orelhas, partido ao meio, com um laço pendurado à esquerda, forma um arco triste, de uma perfeição estranha, ao redor de uma testa alta, arredondada. Você olha para a câmera sem sorrir, com um ar grave. Sua boca parece de um vermelho sombrio, detalhe que impressiona, como também seu gesto: você encosta as extremidades dos dedos de cada mão umas nas outras, os dedos bastante afastados entre si. Graças ao branco dos vestidos, um sobreposto ao outro, você parece se dissolver na menina que comungou, cujo véu cobre a parte de cima dos seus braços. Atrás do grupo, em cima do muro, um cartaz com letras grandes legíveis, VIDA CARA — REFORMAS SOCIAIS NA ALIMENTAÇÃO — AUMENTO DE SALÁRIO — FÉRIAS PAGAS — 40 HORAS. Ao longe, um prédio grande com o letreiro O MEDITERRÂNEO, na direção do qual caminham algumas silhuetas indistintas. As roupas da cerimônia usadas pelo grupo contrastam com o aspecto vagamente desolado do lugar, um bairro urbano semi-industrial. A foto foi tirada no Havre, em 1937. Você tem cinco anos. Ainda te resta um ano de vida.

Olho para o seu rosto sério, seus dedos abertos de brincadeira, suas pernas frágeis. Na foto, você deixa de ser a sombra maléfica da minha infância, não é mais a santa. Você é uma menininha tirada brutalmente do tempo numa epidemia de difteria, arrancada da superfície de um mundo que, nesse minuto, naquele dia de festa, tinha a forma e a matéria de uma calçada larga com o meio-fio de cimento num bairro popular do Havre.

A extensão da minha vida, infinitamente maior que a sua, me inunda. Atrás de mim tudo é imensurável, as coisas vistas, ouvidas, aprendidas e esquecidas, as mulheres e os homens com quem estive, as ruas, as noites e as manhãs. Eu me sinto transbordando pela profusão de imagens.

Bem distantes no tempo, mas muito nítidas, estão as primeiríssimas coisas, em Lillebonne:

a sala de café com o bilhar, as mesas de mármore paralelas, os perfis indistinguíveis dos clientes com exceção dos de um casal sentado à mesa, os Foldrain, a mulher tinha apenas dois ou três dentes

a cozinha separada da mercearia por uma porta de vidro que dava para um patiozinho pavimentado

a sala de jantar no alto da escada, em cima da mesa uma taça com flores artificiais pretas e alaranjadas emaranhadas

a cadela Poupette, de pelos curtos, que tremia o tempo todo e matava os ratos trazidos pelo rio

o amontoado marrom dos fios elétricos da fábrica Desgenétais e suas imensas chaminés rodeadas de ferro

o moinho e sua roda esverdeada

Botei essas imagens em meus livros. É estranho demais pensar que elas também foram suas. E mais ainda constatar que você e eu existimos juntas na memória das pessoas, como me mostra este trecho da carta de

Francis G., de 1997: "Minha prima Yvette me contou que, quando o tempo estava bom, ela saía com a sua irmã Ginette para passear pela estrada que vai até Trinité-du-Mont. Jacqueline se lembra que te pegava no colo quando você era bebezinha e que nessa época você tinha um gesso nas duas pernas e madame Duchesne recomendava que eu tomasse bastante cuidado".

Eu revejo, desfocadas, as pessoas de Lillebonne que te conheceram, cujos nomes ressoaram ao seu redor, os Meurget, Bordeaux, Vincent, Eude, Tranchant, o padre Leclerc e os proprietários do moinho, os Bosch, que tinham um macaco de estimação. Eu ouço os nomes de ruas e lugares que você também ouviu, aos quais eu nunca voltei depois de 1945, as ruas Césarine e Goubert-Moulin, La Frenaye, Le Becquet.

Eu me lembro dos avós, dos tios e tias, dos primos e primas que se lembram de você. Eu escrevi sobre eles.

Nós duas tomamos consciência das coisas em meio ao mesmo mundo. O calor e o frio, a fome e a sede, a comida, o tempo que fazia, tudo o que existe foi dito para nós pelas mesmas vozes, os mesmos gestos e na mesma língua, esse francês que na escola me ensinaram que não era o "correto".

Fomos ninadas com as mesmas canções. Ele cantava *Quand tu seras dans la purée reviens vers moi*, ela, "Les Temps des cerises" e, com uma expressão de tristeza, *C'est l'amour qui flotte dans l'air à la ronde, C'est l'amour qui console le pauvre monde.*

Nós nascemos do mesmo corpo. Eu nunca quis pensar nisso de verdade.

Vejo a mim mesma outra vez na cozinha em Lillebonne, de noite, depois do jantar, a loja fechada. Estou aninhada no peito dela, no colo, ela canta *Sur le pont du Nord*, ele está sentado na frente dela

um domingo cinzento em Yvetot, estamos passeando de mãos dadas, eu olho para os sapatos dos dois avançando pela estrada pedregosa e os meus ao lado, bem pequenos.

Nessas imagens, nunca imagino você no meu lugar. Não consigo ver você ali no lugar onde eu me vejo com eles.

Não consigo pôr você ali onde eu estive. Substituir minha existência pela sua. Existe a morte e existe a vida. Você ou eu. Para existir, precisei negar você.

Em 2003, no meu diário, revendo a cena em que me foi revelada a história: "Eu não sou *boazinha* como ela, eu sou excluída. Assim eu não estarei no amor, mas na solidão e na inteligência".

Há vários anos, passei por Lillebonne, no bairro da Vallée. Vi, de fora, na Rue de la Tannerie, o café-mercearia onde nós duas nascemos e que se tornou, desde os anos 1970, segundo descobri, uma moradia particular. Na fachada, pintada de um branco agressivo que destoa em meio ao cinza dos seus vizinhos, inteiramente refeita — a porta da mercearia transformada em janela —, todas as marcas da antiga loja tinham sido apagadas. Não tive vontade de rever o lado de dentro. Mesmo sabendo que a realidade não se conserva por si só, que é preciso consertar, repintar e revestir sem cessar, eu receava, por antecipação, as feridas que a reforma e os móveis dos outros poderiam infligir à memória.

No verão passado, antes mesmo de pensar em escrever esta carta, me veio um desejo de entrar na casa, desejo cada vez mais premente à medida que fui tendo dificuldades para encontrar os moradores atuais, depois para suplantar a reticência deles — legítima, mas insuportável — em me receber. Era como se desse gesto eu esperasse uma espécie de revelação, cuja finalidade eu não imaginava qual seria; escrever, possivelmente, mas isso era secundário.

Depois de uma troca de cartas e e-mails, os proprietários, um casal de cerca de cinquenta anos, me autorizaram a entrar na casa, no último mês de abril. Era a primeira vez desde 1945.

No andar térreo, tudo me pareceu transformado, as divisórias tinham sido demolidas para formar um só cômodo. Reconheci apenas o teto, muito baixo — podia quase tocar nele só levantando o braço — e o patiozinho à beira do rio. Os banheiros, a lavanderia e a casinha de coelhos haviam desaparecido. No primeiro andar, tive a impressão de que uma parede havia sido colocada para formar um corredor estreito — ausente na minha lembrança — entre os dois cômodos que davam para a rua e os dois outros voltados para o pátio. O primeiro, à direita, era o quarto do casal, como ele fora em outros tempos o quarto dos pais. A cama virada para o mesmo lado, paralela à janela. Tudo correspondia, em menor escala, à minha lembrança. Talvez se tivessem me levado de olhos vendados por esse quarto, sem me avisar que lugar era, eu não soubesse dizer onde estava, mas naquela circunstância eu não tinha nenhuma dúvida a respeito da identificação do quarto — confirmada pela presença da janela do lado do rio, exatamente como a visão que eu tinha conservado — com o de 1945.

Olhava para a cama, tratava de imaginar ali a dos meus pais e ver ao lado a caminha de jacarandá-rosa. Não me ocorria nada de específico, apenas, "é aqui". Experimentava uma espécie de sensação de plenitude, feita de espanto e de um contentamento sombrio por me encontrar ali, naquele lugar preciso do mundo, entre aquelas paredes, perto daquela janela, por ser o olhar que contempla o quarto em que tudo começou para uma e para a outra, uma depois da outra. Onde tudo aconteceu. O quarto da vida e da morte, que estava banhado pela luz naquele fim de tarde. O lugar do enigma do acaso.

Aqui, ora vejo o quarto luminoso do último abril — sinto a presença incômoda da proprietária atrás de mim e o calor —, ora estou no outro quarto, crepuscular, confuso, ocupando uma pequena sombra, deitada entre as laterais de minha cama de criança. O primeiro lugar, em que nada foi vivido, será eliminado por si só num prazo mais ou menos curto, sempre foi assim na minha experiência, eu até já esqueci a cor da colcha e dos móveis. O outro é indestrutível.

Peter Pan fugiu pela janela aberta depois de ver seus pais debruçados sobre seu berço. Um dia ele volta. Encontra a janela aberta. No berço, há outra criança. Ele foge de novo. Ele nunca vai crescer. Em algumas versões, vai às casas buscar as crianças que vão morrer. Talvez você não tenha conhecido essa história, eu também não conhecia antes das aulas de inglês do oitavo ano. Nunca gostei dela.

No dia 7 de novembro de 1945, três semanas depois de voltarem para Yvetot, eles compraram uma concessão no cemitério perto de casa. Ele foi posto ali primeiro, em 1967, ela, dezenove anos depois. Eu não vou ser enterrada na Normandia, junto a vocês.

Nunca desejei nem imaginei isso. A outra filha sou eu, aquela que fugiu para longe deles, para outro canto.

Daqui a alguns dias irei até os túmulos, como sempre faço no Dia de Todos os Santos. Não sei se dessa vez terei alguma coisa para te dizer, se vale a pena. Se vou sentir vergonha ou orgulho por ter escrito esta carta, a vontade de fazê-lo permanece para mim um enigma. Talvez eu desejasse liquidar uma dívida imaginária ao te dar, de minha parte, a existência que sua morte me deu. Ou então fazer você reviver e morrer outra vez só para me libertar de você, de sua sombra. Deixar você escapar.

Lutar contra a longa vida dos mortos.

É claro que esta carta não é destinada a você, e você não vai lê-la. Quem vai recebê-la são os outros, os leitores — tão invisíveis quanto você no momento em que escrevo. No entanto, existe no fundo de mim um pensamento mágico que gostaria que, de modo inexplicável, analógico, ela chegasse até você assim como, há muito tempo, num domingo de verão, talvez o mesmo em que Pavese se suicidou num quarto em Turim, me chegou a notícia de sua existência por meio de uma história que também não se destinava a mim.

Outubro de 2010

FSC
www.fsc.org
MISTO
Papel | Apoiando
o manejo florestal
responsável
FSC® C011095

A marca FSC® é a garantia de que
a madeira utilizada na fabricação
do papel deste livro provém de
florestas gerenciadas de maneira
ambientalmente correta, socialmente
justa e economicamente viável e de
outras fontes de origem controlada.

Título original: *L'autre fille*

EDITORA Rita Mattar
EDIÇÃO Eloah Pina
ASSISTENTE EDITORIAL Millena Machado
PREPARAÇÃO Mariana Delfini
REVISÃO Eduardo Russo e Adriane Piscitelli
DIRETORA DE ARTE Julia Monteiro
CAPA Bloco Gráfico
IMAGEM DA CAPA Arquivo privado de Annie Ernaux (direitos reservados)
FOTOGRAFIAS © D.R. p. 13 Rue de l'École; p. 58 Lillebonne
PROJETO GRÁFICO Alles Blau
EDITORAÇÃO ELETRÔNICA Página Viva

Dados Internacionais de Catalogação na Publicação (CIP)
(Câmara Brasileira do Livro, SP, Brasil)

Ernaux, Annie
A outra filha / Annie Ernaux ; tradução Marília Garcia. — São Paulo : Fósforo, 2023.

Título original: L'autre fille
ISBN: 978-65-84568-89-1

1. Ernaux, Annie, 1940- 2. Escritoras francesas — Autobiografia 3. Irmãs 4. Romance autobiográfico francês I. Título.

23-163338 CDD — 843.914

Índice para catálogo sistemático:
1. Romance autobiográfico : Literatura francesa 843.914

Cibele Maria Dias — Bibliotecária — CRB-8/9427

Editora Fósforo
Rua 24 de Maio, 270/276, 10º andar, salas 1 e 2 — República
01041-001 — São Paulo, SP, Brasil — Tel: (11) 3224.2055
contato@fosforoeditora.com.br / www.fosforoeditora.com.br

Este livro foi composto em GT Alpina
e GT Flexa e impresso pela Ipsis em papel
Pólen Bold 90 g/m² da Suzano para a
Editora Fósforo em julho de 2023.